Renier-Fréduman Mundil

Adventsschilda
Die EULENde SPIEGEL - Weihnacht

Geschichten und Gedichte

Renier-Fréduman Mundil

Adventsschilda
Die EULENde SPIEGEL-Weihnacht

Geschichten und Gedichte

Impressum

Bibliografische Information der Deutschen Nationalbibliothek:

Die Deutsche Nationalbibliothek verzeichnet diese
Publikation in der Deutschen Nationalbibliografie;
detaillierte bibliografische Daten sind im Internet über
http://dnb.dnb.de abrufbar.

© 2024 Renier-Fréduman Mundil
      Viola Hartmann
Covergestaltung Dan Winkler

Verlag: BoD • Books on Demand GmbH,
In de Tarpen 42, 22848 Norderstedt
Druck: Libri Plureos GmbH, Friedensallee 273,
22763 Hamburg

ISBN: 978-3-7583-5132-7

Für

Siegfried

Dem belesenen Denker in unserer Familie

1. Advent

1.
Schildaweihnacht

Als die Bürger von Schilda ihr Rathaus fertig gebaut hatten, merkten sie, dass an Fenster und Türen nicht gedacht war. Also trugen sie mit allen verfügbaren Gefäßen Licht ins Haus und schafften auf diese Weise von morgens bis abends. Soweit ist die Geschichte bekannt. Nach verrichteter Arbeit stellten sie jedoch fest, dass sie zu viel Licht hineingetragen hatten, überall strahlte es derart hell, dass man die Augen kaum auftun konnte und die Köpfe der Beamten glänzten wie frisch poliertes Porzellan. Das Licht wieder herauszutragen, wurde von der Mehrheit abgelehnt. Nicht umsonst habe man sich einen ganzen Tag mit der kostbaren Last abgeschleppt.

Lasst uns Fenster einbauen, um das Licht hinauszulassen, schlug einer ihrer Klügsten vor. Wir lassen sie gerade so lange offen, bis alles zu viel herangeschleppte Licht hinausgegangen ist. Von dem ersten Plan aber waren sie klüger geworden und beschlossen, einem hoch wissenschaftlichen Experiment gleich, erst einmal ein einziges Fenster einzubauen. Gedacht, beschlossen, befohlen und getan.

Nach kurzer Zeit war ein Loch hineingebrochen in der Größe, dass einer von ihnen gerade das Haupt hindurchstecken konnte. Natürlich war dies strengsten verboten, denn wie sollte das Licht nach draußen entweichen, wenn ein Kopf im Fenster steckte. Gebannt starrten alle auf die neu geschaffene Öffnung. Aber es geschah etwas Seltsames. Immer mehr Licht strömte hinein und das alte Licht war nicht zu bewegen, herauszugehen. Warum auch, war es doch in dem neuen Rathaus schön und hell und warm, dass sich einer wie das Licht recht wohlfühlen konnte. Mehr jedenfalls, als sich draußen mit dem kalten Wind oder mit lästigen Regentropfen herumzustreiten.

Wir sollten das Fenster jetzt verschließen und es nicht wieder öffnen, schlug ein nächster vor. Vielleicht ist das Licht nachts zu bewegen, unser schönes Rathaus zu verlassen.
Dieser Vorschlag fand allgemeine Zustimmung und dem klugen Ratgeber erwies man die Ehre, dass er seinen Kopf als Stopfen in die Öffnung steckte, damit am Tage nicht noch mehr Licht hereinkäme. Mit dem ersten Anbruch der Nacht könne er dann wieder den Kopf zurückziehen. Von neuem gedacht, beschlossen, befohlen und getan.

Der Ausgewählte steckte seinen Kopf nach draußen und alle anderen Bürger von Schilda starrten auf das Geschehen, solange bis die Sonne Anstalten machte, unterzugehen.

Einigen kam es vor, als komme trotzdem mehr Licht ins Rathaus, deshalb stopften sie alles Mögliche zwischen Kopf und Fenster, dem Licht zu wehren, weiter in ihr schönes Rathaus zu strömen. Von Zeit zu Zeit kletterte jemand außen am Gebäude eine große Leiter hoch und steckte Essbares und Wasser in den Kopf, damit ihr tapferer Vorstreiter dem Licht weiter standhalten konnte.

Endlich kam der Abend und es galt, wie aus einem Abfluss den Stöpsel, den Kopf aus dem Fenster zu bekommen. Eine schwierige Angelegenheit, denn den ganzen Tag hatte die Wintersonne auf den Kopf geschienen, dass er nun auf das Doppelte angeschwollen war. Alle Versuche schlugen fehl und langsam wurde es für den armen Teufel gefährlich, hörte er doch die Ersten von Messern und Sägen reden. Schließlich einigte man sich, von außen kaltes Wasser auf das angeschwollene Gebilde zu schütten, bis es abgekühlt und so klein geworden, dass es sich herausziehen ließ. Die Tüchtigsten gruben in die Erde ein tiefes Loch, bis dunkles Wasser zum

Vorschein kam, das allerdings bedenklich stank, floss doch in der Nähe des Loches die Abflussgülle der Stadt vorbei.

Über eine lange Kette vom Loch bis zum Fenster wurde das brakige Wasser gereicht und über das erhitzte Haupt gegossen, nicht ohne Erfolg. Der Kopf flutschte aus dem Loch, laut wie ein Korken aus einer Flasche, und das Licht strömte in gewaltigen Mengen nach draußen. Wieder war guter Rat gefragt, diesmal aber auf die Schnelle, denn es entwich zu viel Licht. Es blieb nichts anderes übrig, als den ersten besten Schaulustigen, der sich am dichtesten am Fenster befand, ins Loch zu stopfen. Am Ende würde alles Licht entweichen, das Rathaus wieder stockfinster sein und die liebe Arbeit wäre umsonst gewesen. Der Erstbeste war aber ein Mann, der draußen oben auf der Leiter stand. Die anderen gaben der Leiter einen Stoß, dass der Betreffende mit seinem Kopf von außen ins Fenster fiel. Drinnen glotzten alle auf den Kopf, der plötzlich zum Fenster hineingeflogen kam, und draußen ließ sich der hintere Teil des Mannes bestaunen, zwei Arme und die am verlängerten Rücken baumelnden Beine. Ein Plan wurde beschlossen, wie der arme, in der Öffnung steckende Tropf für den Rest seines Lebens mit Speise und Trank zu versorgen sei. Allerdings waren damit das Problem mit dem Herauskommen der Reste der hineingestopften Nahrung und das Problem mit dem vielen Licht im Rathaus noch immer nicht gelöst.

Nun kam den Bürgern von Schilda der Umstand zugute, den Klügsten von ihnen zum Bürgermeister gewählt zu haben. Dieser erinnerte sich, dass doch Weihnachten vor der Tür stehen müsse. Da sich die meisten im Rathaus befanden, wurde ein Bote nach draußen geschickt nachzusehen, ob das Weihnachtsfest bereits vor der Pforte stand. Bald kehrte er zurück. Gesehen habe er es nicht, kam die Antwort, aber es sei draußen ein Gefühl von Ruhe und Frieden, was nichts anderes bedeuten könne, das Fest sei schon im Anmarsch. Auch zappelte der im Fenster Hängende nicht mehr gar so arg wie am Anfang, was nichts anderes bedeuten könne, dass zumindest der hintere Teil des Körpers bereits von Frieden und Ruhe des Weihnachtsfestes erfasst worden sei.

Gut, stellte der Bürgermeister fest, zur Weihnacht braucht die ganze Welt Licht! Wir werden von dem Licht im Rathaus das Überschüssige in Büchsen füllen und überallhin in die Welt verkaufen.

„Weihnachtslicht aus Schilda"
sei auf die Dosen zu schreiben und vielleicht ein
Bild mit dem Fenster und dem darin klemmenden
Kopf daneben zu malen, Neugierige anzulocken,
diesen klugen Einfall zu bestaunen - natürlich
gegen einen angemessenen Obolus für das noch
leere Säckel im neuen Rathaus. Den eigenen
Bürgern sei das Licht in der Dose für den halben
Preis zu lassen, schlug der Bürgermeister vor.
Und wer in das Rathaus kam, ohne dass seinem
Anliegen entsprochen werden konnte, dem sei
beim Hinausgehen vom Pförtner ein Eimer des
friedlichen Weihnachtslichts über den Kopf zu
schütten, damit sich der Ärger legte und der
heile Frieden in der Stadt erhalten blieb.

Es wird genügend Licht übrig sein, murmelte
der Bürgermeister, jedem meiner Beamten eine
große Portion auf den Tisch zu stellen, damit es
die Köpfe erleuchte, wenn sie über schwierigen
Paragraphen brüteten. Auch solle jeden Morgen
als erstes ein großer Becher des Lichtes in das
Verordnungsbuch gekippt werden, das Dickicht
des Gesetzesdschungels zu erhellen, damit sie
sich noch besser darin zurechtfänden.
Alle fanden sich in der eigenen Klugheit
bestätigt, hatten sie doch wirklich den
Weisesten unter ihnen zum Bürgermeister
gewählt.

Seit diesen Tagen aber wird jedes Jahr zum Fest das Weihnachtslicht aus Schilda in goldenen Dosen abgefüllt, in die ganze Welt verkauft, die Büchsen außen geschmückt mit dem prächtigen Rathaus und dem im Fenster steckenden Kopf.

Wer aber regelmäßig zum Fest ein solches Gefäß erstand und es genau betrachtete, konnte erkennen, dass der arme im Fenster hängende Tropf mit jedem Jahr weniger zappelte, was die Bürger aus Schilda als untrügliches Zeichen betrachteten, dass ihr Weihnachtslicht aus der Büchse im Laufe der Zeit Friede und Ruhe und weihnachtliche Stille auf der ganzen Welt tüchtig vermehrte und sich besonders über diejenigen ergoss, die in der wahren Bedeutung des Wortes in tiefster Not steckten.

2.
Satellitenweihnacht

Weihnachten!
Alle Dachten,
In der Fern'
Den Bethlehemstern
Zu sehen.
Doch das Sternwesen
War ein Satellit,
Der mit
Argusaugen
Nach dem kleinen Stall ausschauen
Sollte
Und dort nur eine Wolke
Fand,
Die das Heilige Land
Vor den Blicken der fremdgewordenen Welt
Beschützt hält.

3.

Naturweihnacht

In dem Wald sind Bäume wach,
Träumen von den weißen Flocken
Und die Hirten schmücken sacht
Schafe mit himmlischen Glocken.
Der Stall ist in weiter Ferne,
Wo das Kind im Stroh jetzt schläft.
Alle Sterne
Komm'n, dass sich der Friede regt.

4.
Fallende Sterne

Leise fällt nun auf die Welt
Weihnachten mit seinem Frieden.
Himmel wird zum gold'nen Zelt,
Glocken sich in Wolken wiegen.
Ach wie sehnt sich meine Seele
Nach dem Stall in Bethlehem.
Denn hier ruht des Friedens Quelle.
Weihnachtsstern, sollst immer weh'n.

5.
Verlassene Weihnacht

Er saß allein.
Das Glas Wein
Stand unberührt auf dem Tisch.
Graues Licht
Drang von draußen hinein.
Sein innerer heller Schein
War seit Jahren verblichen,
Gewichen
Der Leere der Einsamkeit.
Nun zog die Weihnachtszeit
Wieder
Vorüber.
Ihre Helle
Empfand er als grelle
Verhöhnung seines Lebens.
Er war lebendig am Vergehen.
Jeder sah es,
Doch feierte nur sein eigenes Fest.

6.
Drei-Sterne-Kaufhaus

Weihnachten!
Alle dachten
Bis zuletzt
Nur an das Geschäft.
Aus dem kleinen Stall
War überall,
Von Süden bis Norden,
Ein Kaufhaus geworden.
Seitdem blieb im hektischen Lärm
Der Bethlehem-Stern
Den Menschen fern.

7.
Geweißte Weihnacht

Die Weihnachtsschneeflocken
Hocken
Ungeduldig in den Wolken.
Seit Tagen wollten
Sie den Himmel verlassen,
Die kleinen Gassen
Mit einem weißen Teppich schmücken.
Heimlich in die Fenster blicken,
Wo der erste Weihnachtsduft
Die Kinder in die Küche ruft.
Doch Väterchen Frost
Ist mit seinem Tross
Noch nicht erschienen.
Und so blieben
Die Eisblumen weiter in den Gedanken,
Bis der Winter seine Schranken
Endlich öffnen wird
Und die Schneeflocken auf die Erde führt.

2. Advent

8.

Süßes nachweihnachtliches Dekret

$\mathcal{D}$as Weihnachtsfest mit seinen Gelagen war zu Ende, ausschweifender als die Jahre zuvor, mehr Tannenbäume geköpft, mehr Weihnachtsengel gekommen und vom Marktplatz wieder zwecks Abflug gestartet und auch die vielen Rentiere der unzählbaren Schar an St. Claus hatten sich in den umliegenden Wäldern verflüchtigt.

Niemand hatte an die Folgen gedacht, sie wurden auch erst offenkundig, als der Bäcker die Hälfte seines Handwerks, Kuchen zu backen, nicht mehr ausführen konnte. Es fehlte überall an Zucker, jedes süße weiße Körnchen war dem ausschweifenden Weihnachtsfest zum Opfer gefallen.

Nun war süßer Rat teuer, denn was ist ein Leben, besonders am Nachmittag oder sonntags, ohne Kuchen. Vielleicht lag die Lösung in einem anderen Problem. Denn im Winter war zu wenig Salz verbacken worden, wie auch in dieser süßen Jahreszeit, und deshalb drohten die Salzspeicher aus ihren Nähten zu platzen. Nun ist es vom Salz bis zum Zucker nur ein kleiner Weg, wie jeder weiß, der sich in der Küche nicht an der

Köchin, sondern am Salzfass versehentlich vergriffen hat. Beides vom Aussehen nicht zu unterscheiden und bedurfte es nicht einigermaßen geschulten Geschmacks, wie er nur in Schilda vorkam, um beides zu unterscheiden? Vielleicht pflegte man draußen in der großen weiten Welt einfachheitshalben keine Unterscheidung zu machen.

Wir sind zu anspruchsvoll geworden, dachte der Bürgermeister, wer konnte es sich sonst erlauben, Salz und Zucker zu unterscheiden. Aber das Rad der Geschichte ließ sich nun einmal nicht zurückdrehen, er musste damit leben, dass sein Dorf nur aus Feinschmeckern bestand. Indes erklärte es ihnen den hohen Preis des Zuckers, den die fremden Händler verlangten. Es konnte doch nicht anders sein, als dass sie unter unerträglichen Mühen, gleich wie ein geweißtes Aschenputtel, die süßen Zuckerkörnchen aus den großen Salzbergen heraussuchten.
Diese Überlegung führte ihn gefährlich weit, nämlich das nächste Weihnachtsfest zu streichen, das Stadtsäckel sei ohnehin leer und der süße Laster müsse endlich ein Ende haben.

Hier hielt er jedoch inne, um sich zunächst des augenblicklichen Problems weiter anzunehmen.

Er wusste, dass der Imker des Dorfes über einen beträchtlichen Honigvorrat verfügte, den er jeden Frühling auf die Blüten strich, den Bienen die Arbeit zu erleichtern. Diese müssen ähnlich alt wie er sein, achtzig Jahre, da sie jedes Jahr kamen, und hatten sie es in ihrem beschwerlichen Alter nicht verdient, sich ein bisschen weniger abzumühen?

Wenn der Imker einmal auf diese Prozedur verzichtete, könne man jedes Salzkörnchen mit Honig einpinseln. Es müsste mit sonst jemanden zugehen, wenn es nachher nicht wie Honig, jedenfalls süß, schmeckte. Die Farbe schien ein kleineres Problem, man hatte von braunem Zucker gehört, die Farbe dunkel, weil er in braunen Rohren transportiert wurde, man würde den Salzhonig einfach zum braunen Zucker deklarieren.

Das Unterfangen scheiterte jedoch, da sich kein Pinsel finden ließ, der fein genug war, ein Salzkörnchen mit Honig einzukleistern.

So beschloss der Bürgermeister ein Dekret zu erlassen, dass ab sofort das Salz zu Zucker zu erklären sei. Ein jeder habe sich beim Verzehr an den früheren Geschmack zu erinnern und es war bei Strafe verboten, sich nicht an den vergangenen süßen Geschmack zu erinnern oder etwa eine böse Miene beim Essen zu ziehen.

Da er aber ein fürsorglicher Landesvater war und sich Herr über kluge Untergebene wusste, war er gnädig, dem Anlass eine Erklärung beizufügen.

Der Zucker sei diesmal über einen anderen Weg gebracht worden, der gefährlich und unzulänglich war. Man habe aber keine Kosten und Mühen für die Bürger des Dorfes gescheut. Nur sei bei der wackeren Fahrt der Zucker so emsig geschüttelt worden, dass von jedem Körnchen die Hülle abgeplatzt war und er in diesem Jahr deshalb etwas anders zu schmecken geruhe. Zwar habe man sich der Mühe unterzogen, die abgeplatzten süßen Hüllen aufzulesen und die weißen Körnchen wieder hineinzustecken. Dies sei aber eine nicht unerhebliche Arbeit, da jedem Körnchen die passende Hülle zuzuordnen sei, weil man es sonst zuvor auf die genaue Größe zurechtstutzen müsse. Man sei aber guter Hoffnung, wie eben auch Frauen manchmal guter Hoffnung sind, bis zum nächsten Weihnachtsfest mit der Arbeit fertig zu sein.

Bis dahin möchte jeder mit dem Ersatz leben und der guten Zeiten wie auch der guten Zutaten gedenken, die man früher hatte und die,

so wahr er Bürgermeister ist, nach gemeinsamer
Anstrengung bald wieder ihren Ort im positiven
Sinne heimsuchen würden.

Und so geschah es, nicht, was die guten Zeiten
betraf, denn diese lassen sich nicht so einfach
von einem Bürgermeister befehlen, so geschah
es vielmehr mit dem verordneten Ersatz.

9.
Fliegende Weihnachtsbücher

Überall
War der Schall
Der Weihnachtstrompeten zu hören.
Die leeren
Herzen füllten sich
Mit Weihnachtslicht,
Das vom Himmel fiel.
Für einen Moment wurde es still.
Draußen
War Rauschen
Von Engelflügeln zu vernehmen.
Vor jedem
Fenster endete ein Flug
Und ein goldenes Weihnachtsbuch
Lag jetzt unter'm Tannenbaum,
Darin zu schau'n
Welche guten Taten
Jedem im letzten Jahr geraten
Waren.
Neben vielen Geschenken lag oft genug
Ein leeres gold'nes Himmelsbuch.

10.
Kinderbaumkind

Im kleinen Wald
War es kalt
Geworden.
Von Norden
Ein eisiger Wind.
Die letzte Wärme zerrinnt
Zu Frost und Schnee.
Der kleine See
Lag unter einer Eisschicht.
Das kalte Sternenlicht
Zerbrach zu Funken,
Die unten
Auf der Erde zu Perlen froren.
Verloren
Stand der kleine Baum.
Bald würde er einen Raum
Schmücken
Und inmitten
Von aufgerissenen Kinderaugen
Selbst die Weihnacht schauen.

11.
Abschiedsweihnacht

Es würde die letzte Weihnacht sein.
Noch einmal der rauschende Schein
Des Sterns von Bethlehem.
Das letzte Weh'n,
Vor dem eisigen Wind.
Die alte Holzkrippe mit dem geschnitzten Kind.
Kerzenlicht,
Das die dunkle Stille durchbricht.
Die letzte Weihnacht.
Nie mehr das Dach
Auf dem verwitterten Stall.
Kein Schall
Der Engelschöre.
Stattdessen wird eine Leere
Ins Haus einzieh'n.
Die nächste Weihnacht würde er im Himmel
sehn.

12.
Das Christrosenengelskind

Weihnachten verwandelt den Stängel
Der Christrose zum weißen Engel.
Die Blüten sind die hellen Locken.
Die Wurzeln sind die dicken Socken.
Die Flügel sind die grünen Blätter
Und Sonnenlicht gold'nes Lametta.
Als ich morgens zum Spiegel kam,
Da sprach er mich sehr festlich an.
Er sprach zu mir ganz leise: „Frohe
Weihnachten der schönsten Christrose".
Ich glaub', ich bin im Weihnachtsland,
Mit der schönsten Christrose Hand in Hand.

13.
Weihnachtskeim

Das Weihnachtsland
Verschwand
In der Geschichte.
Im Lichte
Des Tages
War es
Unmöglich, es länger zu sehen.
Das Leben
Wieder grau geworden,
Angefüllt von Alltagssorgen.
Doch ein
Kleiner Weihnachtskeim
War geblieben.
Hirten hatten die Geschichte aufgeschrieben.
Nach dem Verblühen
Des Weidenstocks schneiden
Hirten aus seinen Zweigen
Flöten für ihre Lieder.
Jahr für Jahr erklingt wieder
Ihr Gesang
Vom fernen Weihnachtsland,
Das erst in der Stille verschwand,

Bis es in jedes Land
Zurückkehrte,
Durch Musik das Kind verehrte.
So wurde die Weihnacht
Durch Musik in alle Welt gebracht.

14.
Das erste und größte Weihnachtsgeschenk

Draußen war dumpfer Lärm
Zu hör'n.
Tiefe Spuren
Führten verloren
Durch den Schnee.
Vom zugefrorenen See
Erklang Schlittenläuten.
Die Weiten
Des Himmels erstrahlten.
Engelstimmen schallten
Durch die dunkle Nacht.
Das Himmelsdach
Hatte sich wie jedes Jahr aufgetan.
Von Neuem vernahm
Jedes Ohr,
Dass der Herr vor
Tausenden Jahren
Mit Frieden beladen
Am Weihnachtstag
Sich der Welt geschenkt hat.

3. Advent

15.
Einmalig(e) verkehre Weihnachtswelt

*E*s begab sich, dass die Weihnacht sich wieder anschickte, das Land der Schildbürger heimzusuchen. Die letzten Jahre waren kärglich gewesen, gezeichnet von Not und Sorgen, verdorrten Feldern, ausgemergelten Rindviechern. Und das Weihnachten ein Spiegelbild dieser kargen Zeit. So beschloss Uhlenspiegel, dem ganzen Elend höchstpersönlich ein Ende zu bereiten.

Man muss die Zeit auf den Kopf stellen, dachte er, dann stellt sich gleichsam alles auf den Kopf und die Not würde sich zu einem wundersamen Ton (Ton-> <-Not) wandeln, dass O dürfe in der Mitte bleiben, könne gar sich selbst auf den Kopf stellen, ohne sein eiförmiges Aussehen zu ändern, von der Not müsse aber der erste und der letzte Buchstabe auf den Kopf gestellt werden.

Da es noch früh vor der Adventszeit war, schickte es sich nicht, bereits jetzt in das hitzige Kostüm eines Weihnachtsmannes zu schlüpfen. Außerdem sei hier gleich mit dem Auf-den-Kopf-stellen anzufangen. Uhlenspiegel griff nach einem roten Apfel, dessen Farbe dem des Weihnachtsmannes aufs unglaublichste glich und drehte ihn verkehrt herum, zu sehen, welche Farbe herauskam, stellte einer das Rot auf den Kopf.

Wundersam schien die Wintersonne durchs Tor des Fensters und der Apfel kleidete sich in eine warme Mischung aus Blau und Grün. Die Farben waren somit entschieden. Der auf dem Kopf gestellte weiße Bart ergab einen spitzen schwarzen Hut und die auf den Kopf gestellten Stiefel ergaben schlicht und einfach ein Nichts dort, wo die Füße hingehörten. Was nichts anderes zu bedeuten hatte, dass er als blaugrüner Weihnachtsmann, einen spitzen schwarzen Hut auf dem Kopf, barfuß durch den Schnee stampfen musste. Daran gab es nichts zu rütteln. Wollte einer die Not der anderen lindern, fing dieselbige an, von ihm selbst Besitz zu ergreifen, besonders an den Füßen.

Die Bürger von Schilda staunten nicht wenig, als diese seltsame Erscheinung in ihre Stadt kam. Für Uhlenspiegel hieß es, keine Zeit zu verlieren, gute Werke vertragen keinen Aufschub.

Bürger von Schilda, hob er an, Ihr seht mich an und fragt Euch gewiss, wer mich gesandt hat. Denn so viel ist klar, wenn ich zu Euch komme, muss mich einer geschickt haben, was sonst - und den folgenden Teil seiner Rede sprach Uhlenspiegel seltsam nuschelnd, - kann einen feinsinnigen Geist wie mich bewegen, euer trübsinniges Dorf aufzusuchen. Gesandt hat mich Knecht Ruprecht höchst selbst persönlich, gewissermaßen ihm den Pfad auszulegen und alles für seine Ankunft herzurichten. Und welch herrliche Ankunft wird es werden. Vorbei die Abende armseliger Not, das Ungemach, die Sorgen. Alles soll strahlen, in Gold, Silber und Purpur, die Tische sollen unter dem Gewicht der köstlichsten Speisen einknicken und die Weihnachtsbäume leuchten, als hängen an jedem alle Sterne des Himmels.

Wir stellen alles auf den Kopf, fuhr Uhlenspiegel fort, wir stellen die Not auf den Kopf. Heraus kommt das herrlichste Fest, das als ehrwürdige Erinnerung in euren hölzernen Köpfen eingemeißelt bleibt.
Den letzten Teil sagte er wieder in diesem seltsam nuschelnden Ton.

Wir werden gleich mit der Adventszeit beginnen. Welch eine Verschwendung an Freude, zunächst nur eine Kerze anzuzünden. Freut sich einer schon an einer Kerze, wieviel mehr an vier. Deshalb entzündet am ersten Advent alle vier Kerzen und freut Euch an dem herrlichen Licht. Lasst die Kerzen nur brennen und macht nichts anderes, als am nächsten Advent die zweite brennende Kerze noch einmal anzuzünden. Habt Ihr jemals das Erlebnis gehabt, eine brennende Kerze ein zweites Mal anzuzünden? Sie wird Euch dann mit zwei Flammen leuchten. So fahren wir fort bis zum Schluss eine jede der vier Kerzen in vier Flammen züngelt.

Das leuchtete ein und die Bürger von Schilda liefen in ihre Häuser, die Adventszeit auf den Kopf zu stellen.

Am nächsten Tag hieß Uhlenspiegel die Schildbürger, einen Weihnachtsbaum mit dem Rest ihrer Schätze, den die Not ihnen gelassen hatte, zu schmücken. Auch dies geschah, bald hingen an den Tannenbäumen Perlenketten, alte goldene Ringe, aufgeknüpfte Münzen und derlei mehr.

Uhlenspiegel indes lief zum Bürgermeister, ihm einen weihnachtlichen Dienst anzutragen.

Es ist an der Zeit, begann Uhlenspiegel sein Angebot zu unterbreiten, Schilda herrlich herauszuputzen. Und bedeutet dies nicht zuerst, allen Dreck von der Straße aufzulesen? Ich selbst werde mich dazu bequemen, allen Schmutz aufzuheben. Wie soll ich ihn aber aufheben, wenn er mir nicht gehört? So erlasst zunächst ein Gesetz, dass alles, was auf der Straße liegt, nur mein Besitz ist.

Welch ein seltsamer Geselle, dachte der Bürgermeister, dem es sogar nach dem Dreck auf der Straße gelüstet.
Jedoch hörte sich der Vorschlag wohlfeil an und so erließ der Bürgermeister die erwünschte Verordnung.

Die Weihnacht schritt mit gewaltigem Tempo durchs Land und deshalb hieß es, den Weihnachtsbraten zuzubereiten.

Seht Eure Hunde an, sagte Uhlenspiegel. Sind sie nicht um ein Vielfaches schneller als Eure Beine und können obendrein tausendmal besser all diese herrlichen Gerüche wahrnehmen, die gerade in der Weihnachtszeit umherstreifen? Und ihr unvergleichlicher Mut! Kämpfen die stärksten von ihnen doch gegen Bären und Wölfe. Während Ihr armseligen Geschöpfe Euch mutlos in eure Häuser verkriecht, tauchen diese Bestien auf.

Was meint Ihr denn, woher all dies herrührt? Es ist nichts anderes als das Ergebnis ihres Weihnachtsschmauses, dass sie sich an den herrlichen Knochen Eures Gänsebratens gütlich tun dürfen. Verfahrt deshalb wie auf dem Kopf stehend verkehrt herum. Schneidet die unnütze würzige Kruste, das saftige weiche Fleisch heraus und gebt es mir. Ich werde es an Eure Hunde verfüttern. Ihr aber sollt Euch an den herrlichen Knochen laben, dass Euch Duftnasen im Gesicht wachsen, den Gänsebraten nicht nur mit dem Gaumen zu genießen, sondern seine herrlichen Gerüche, die tausendmal wertvoller sind, mit den Augen zu sehen und mit der Nase zu vertilgen.

Auch das leuchtete ein. Allein dachte Uhlenspiegel nicht daran, die armen Hunde am Gänsebraten teilhaben zu lassen und verzehrte in einer Woche nicht weniger als 50 knusprige goldbraune Gänsebrüste.

Jetzt stand der Weihnachtsabend vor der Tür, Zeit für die Bescherung, jedenfalls für eine, die auf dem Kopf stand.

Was sperrt Ihr die Weihnachtsbäume in Eure kleinen Stuben, zeterte Uhlenspiegel. Sind sie nicht die Freiheit des Waldes, die Luft, den Wind, Frost, Schnee und Eis gewöhnt? Stellt sie draußen vor Eure Tür und ich werde morgen durch die Straßen gehen, mit meinen eigenen Augen das Wunder der Weihnacht zu sehen.

Was nichts anderes bedeutet, dass wir dieses Mal die Not der vergangenen Jahre auf den Kopf stellen, sie zu einem glanzvollen Fest zu verdrehen.

So geschah es. Die Bürger von Schilda standen vor ihren Häusern, die Weihnachtsbäume an ihrer Seite und Uhlenspiegel marschierte durch die Gassen, als nähme er eine Parade ab. Bei jedem Baum jedoch hielt er kurz inne und hieß seinen Besitzer, ihn auf den Kopf zu stellen.

Vor den verdutzten Augen der Schildbürger sammelte Uhlenspiegel dann all die Kostbarkeiten auf, die von den Bäumen fielen, als breche eine weihnachtliche Sintflut über Schilda herein. Die Schätze lagen auf der Straße und diese gehörten gewissermaßen dem Uhlenspiegel. Aber ist es nicht so, dass einem, der sich gerade zur besinnlichen Weihnacht um die Not seiner Mitbürger verdient macht, ein reicher Lohn zusteht, der gleichsam von oben herab, aus der himmlischen weihnachtlichen Luft auf ihn herniederfällt wie einst die glitzernden Goldstücke auf das Sterntalermädchen.

La rue, c'est moi!, rief Uhlenspiegel in einem geschichtlichen Anflug von Wahn und hob unverdrossen den am Boden liegenden Schatz auf, der gewissermaßen den ersten Straßenmaut der Geschichte darstellte, und verstaute ihn in einem zum Weihnachtsack umgedrehten

Staatssäckel und in seine ausgebeulten Hosentaschen.

Die Bürger von Schilda, selbst wenn sie dem Tolldreisten seine Kühnheit wehren wollten, waren machtlos. Wie sollten sie ihn hindern, mussten sie doch ihre auf der Spitze stehenden Weihnachtsbäume festhalten, damit diese nicht umfielen. Und ein umgestürzter Weihnachtsbaum galt als das schlimmste Omen, das einen treffen konnte. Statt ihr Schicksal zu beklagen, sollten sie dem Uhlenspiegel dankbar sein. Er entledigte sie mit einem Schlag all der Sorgen, die das Aussuchen der richtigen Weihnachtsgeschenke mit sich bringt.

Solcherlei Sorgen sind nicht unerheblich, sie stellen die Strapazen eines ganzen Jahres mühelos in ihren Schatten. Die Bürger von Schilda wurden am Ende selbst zum Abbild ihrer Weihnachtsbäume. Während sie reglos an der Seite ihrer kopfstehenden Bäume verharrten, fielen unendlich viele weiße Flocken auf sie herab, wunderschöne Eiskristalle wuchsen an ihnen und in der Nacht hängten sich die goldenen Sterne des Weihnachtshimmels an ihre eingefrorenen Gliedmaßen.

16.
Krippenmitte

Die Weihnachtsschatten
Hatten
Das Land überzogen.
Am Himmelsbogen
Leuchteten nie gesehene Sterne.
Aus der Ferne
Des Feldes führten
Hirten
Ihre Schafe zum Stall.
Überall
Standen Engel am Weg.
Bedeckt
Von Stroh lag das Kind in der Krippe.
Sie war zur Mitte
Der Welt geworden.
Von hier bis zum Auferstehungsmorgen
Sollte Frieden auf Erden
Werden.

17.
Festlicher Kassensturz

Der alte Mudihah saß auf seinem Bett.
Sein Lebensweg
War am Ende angekommen.
Seine Lebenssonnen
Waren verglüht.
Sein Lebenslied
Begann den letzten Takt.
Wieviel hab'
Ich in meinem Leben
Den Armen gegeben?
Wollte er von seinem Diener wissen.
Die Antwort ließ ihn ins Kissen
Zurücksinken.
Nur wenige Spenden hatten die flinken
Finger des Dieners zu addieren.
Die vielen
Feste hatten das meiste Geld verzehrt.
Er wusste jetzt, was verkehrt
Gelaufen war,
Und ihm wurde klar:
Zu wenig Proviantgepäck
Für den bevorstehenden langen Himmelsweg,

18.
Seltene Gabe

Weihnachten!
Die Hirten brachten
Ihre Gaben.
Es waren
Wolle
Und eine Rolle
Stroh.
Das Kind lächelte froh,
Denn der nun satte
Esel hatte
Die Krippe leergefressen
Und dabei Kind und Kälte vergessen.

19.
Ankommende Weihnacht

Advent, Advent,
Hast mir geschenkt
Schon oft das Kerzenlicht.
Den grünen Kranz,
Das gold'ne Band,
Den Frieden und die Himmelssicht.

Advent, Advent,
Mein Herz dich kennt,
Du hoffnungsvolle Zeit.
Bringst Zuckerguss,
Die Mandelnuss,
Der Engelscharen weißes Kleid.

Advent, Advent,
Dich zu mir wend'
Damit mir Friede wird.
Bring uns Musik,
Das Weihnachtslied,
Stille, die jeden zu sich führt.

20.
Weihnachten im Himmel

Der Himmel war verlassen.
Der Herr war auf den Straßen
Der Welt unterwegs.
Von früh bis spät
Lag Einsamkeit über dem göttlichen Palast.
Der Platz
Zur rechten Hand Gottes bliebt leer.
So sehr
Die Engel sich auch nach ihm sehnten,
Sie lebten
Weiter in ihrer Verlassenheit
Und zählten die Zeit,
Wann er nach seiner irdischen Mission
Auf seinen Thron
Zurückkehrte.
So lang hörte
Jeder Engel die neuen Botschaften,
Die andere von der Erde brachten.
Sie freuten sich über den Bericht
Von der Bergpredigt,
Litten,
Wenn der Herr inmitten
Eines wütenden Mobs war,

Als die Schar
Soldaten
Ihn im Garten
Getsemani festnahmen;
Und waren
Von Freude beseelt,
Als die Frauen riefen: Er lebt!
Er ist wahrhaftig auferstanden.
So dass die Engel ihre Freude zurückfanden.
Vorbei war im Himmel die Zeit
Der Einsamkeit.

21.
Weihnachtschauen in Kinderaugen.

Die Kinderaugen
Beschauten
Den Baum,
An jeder Nadel hing ein Traum.
Die Tannenzapfen hatten sich golden
angezogen.
Ganz oben
Der Stern von Bethlehem.
Ein heller Schweif war zu seh'n,
Der auf die Weihnachtsgaben fiel.
Still
Ruhten die Engel in den Zweigen.
Neben der Krippe weideten
Hirten ihre Schafe.
Eine himmlische Sprache
Erschall,
Verkündete überall
Den himmlischen Frieden
Der abgeschiedenen
Welt.

4. Advent

22.
Weihnachten - Unter dem Erdkreis

*D*ie Bürger von Schilda hatten mit der Klugheit ihres Geistes und dem Fleiß ihrer Hände dafür gesorgt, dass das größte Schild, von Menschenhand errichtet, sich in ihrer Stadt befand. Hoch genug, selbst von der entgegengesetzten Stelle der Erdkugel gesehen zu werden. Dies war jedenfalls die Auffassung ihres Klügsten, den sie ob seines unermesslichen Verstandes zum Bürgermeister ihres kleinen Ortes bestimmt hatten.

Kam die Weihnachtszeit, war aber selbst der kleinste Weihnachtsbaum auf dieser Erde besser zu sehen als das angeführte Schild, denn jetzt trug jeder Baum hell leuchtende Kerzen, während das unermesslich hohe Schild nichts anderes war als ein langer, schwarzer Strich, der sich in der Dunkelheit der Nacht verlor.

Nun war guter Rat teuer. Denn wer sich das liebe lange Jahr daran gewöhnt hatte, der beste und höchste aller Orte zu sein, und sei es nur durch ein Schild, dem konnte es unmöglich zuträglich sein, ausgerechnet zum Weihnachtsfest dieser Ehre abhanden zu kommen.

In jedem kleinen Haus rauchten die Köpfe, zu allermeist der auf den Schultern des Bürgermeisters. Bald zahlte es sich aus, dass sie ihren Klügsten zu ihrem Obersten gewählt hatten. Für den morgigen Tag hatte er die Bürger zu einer wichtigen Verkündigung auf den Marktplatz zusammengerufen.
Erwartungsvoll und dicht gedrängt standen die Menschen anderen Tags in der Mitte ihrer kleinen Stadt.

Wir werden dem Übel abhelfen müssen, sagte der Bürgermeister in einer Weise, die ebenso einfach wie von logischem Denken ist, dies ist das Ergebnis meiner nächtelangen Gedanken-ketten, das unsägliche Problem zu lösen.
Die Spannung stieg durch diese Worte auf das Unerträglichste, so dass der Bürgermeister sich bemüßigt sah, kurzerhand mit der Lösung herauszurücken, wollte er nicht ein furchtbares Gewitter über seiner Stadt riskieren, dermaßen hoch war die knisternde Spannung, welche in der Luft lag.

Haben wir das höchste Schild, dann brauchen wir auch den größten Weihnachtsbaum, um unserer Stellung unter all den Städten nicht verlustig zu gehen.
Ein gewaltiges Raunen ging durch die Zuhörerschaft. Die Klugheit der Lösung hatte

jeden schier überwältigt, dass die Münder weit aufgerissen waren und staunende Augen durch den Tag glotzten.

Die Umstände wollten es, dass der höchste Tannenbaum ebenso in ihrem Ort war. Es war ein prächtiger Baum, dicke grüne Nadeln mit gewaltigen Zapfen, der es sich nicht hatte gefallen lassen, von einem lächerlichen Schild überragt zu werden und deshalb in den letzten Jahren fast bis zu den Wolken gewachsen war. Nun war zwar die Lösung gefunden, noch nicht aber der Weg, den klugen Rat des Bürgermeisters umzusetzen.

Wir werden, fuhr der Bürgermeister fort, nur die Spitze mit Lichtern benetzen. Unmöglich können wir auf dem ganzen Baum Kerzen aufstellen. Selbst wenn wir damit gleich zu Beginn eines Jahres anfangen, wären wir bis zum Weihnachtsfest nicht fertig. Auch lässt unser arg gebeuteltes Stadtsäckel, in das wegen der Kosten für das hohe Schild riesige Löcher gefressen waren, eine solche Lösung nicht zu. Es reicht, die Spitze zu schmücken, gerade in einer Ausdehnung, wie bei einem üblichen Weihnachtsbaum. Das Ganze blieb noch immer der höchste festlichste Baum auf diesem Erdkreis.

Allein war durch diese zusätzlichen Worte die Lösung weder gefunden noch die Arbeit einfacher geworden. Niemand wagte sich, auf den hohen Baum zu steigen. Auf der Spitze könne sich ein böser Weihnachtsgeist versteckt halten. Auch sei es möglich, sich in dem hohen Baum zu verlaufen, dass einer nicht mehr auf die Erde zurückfände. Oder einer würde beim Hinaufsteigen gar versehentlich auf der anderen Seite der Erde ankommen und niemals in seinem Leben seine liebgewonnene Heimat wiedersehen.

Man müsse dem Baum Respekt abnötigen, schlug einer der Bürger vor. Ein jeder habe sich in angemessener Weise vor dem Bürgermeister zu verneigen, warum nicht ebenso der Weihnachtsbaum?

Mit diesen Worten wusste zunächst niemand etwas anzufangen, bis sich der Redner zu weiteren Erläuterungen veranlasst sah.

Wenn sich der Baum voller Ehrerbietung vor ihren Bürgermeister verneige, dann wäre die Gelegenheit beim Baumschopfe zu packen und die Spitze des Weihnachtsbaumes mit Kerzen zu versehen.

Ein jeder verstand und alle waren in einem Maß angetan, dass beschlossen wurde, den Redner zum neuen Bürgermeister zu machen, sollte dem alten bei diesem gefährlichen Unterfangen Leid oder Tod zustoßen. Denn konnte es nicht sein, dass der Baum sich so tief verneigte, dass er auseinanderbrach und ihren liebgewonnenen Bürgermeister zerschmetterte?

Die Idee wurde auf mancherlei Weise verfeinert. Als erstes wurde ein Thron gebaut und dem Bürgermeister eine Krone auf den Kopf gesetzt, denn müsste die Verbeugung bei einem König nicht tiefer ausfallen als bei einem Bürgermeister? Der Baum würde die Täuschung nicht bemerken. Außerdem wurden zehn starke Männer ausgesucht und mit kräftigen Seilen versehen, die den Baum festbinden sollten, hatte er sich erst einmal zur Erde geneigt. Auf diese Weise könne man ihn in aller Ruhe schmücken und auch langsam genug wieder aufrichten lassen, sonst könnte es am Ende sein, dass beim raschen Hochschnellen die mühsam angebrachten Kerzen erloschen.

Alles war bereitet. Der Bürgermeister saß auf einem prächtigen Thron mit einer Krone auf seinem Haupt vor dem riesigen Tannenbaum, an seiner Seite hielten sich zehn kräftige Männer bereit. Nun musste dem Baum noch erklärt werden, dass er sich mit Ehrerbietung vor dem obersten Herrn aus Schilda, gewissermaßen dem aus der Not geborenen vorübergehenden Weihnachtskönig, zu verneigen hatte.

Dazu war eine Rede vorbereitet, die zu halten Aufgabe des Stadtkämmerers war. Sie wiederzugeben, ist hier nicht der geeignete Ort, sie enthielt ungezählte Beispiele für die Außergewöhnlichkeit des kleinen Ortes, die unvergleichlichen Leistungen ihres wackeren Bürgermeisters und schloss mit den Worten:

Dürfen wir Sie nunmehr bitten, sich wie ein jeder andere vor dem Weihnachtskönig, der gewissermaßen in einer Person auch oberster Dienstherr sämtlicher Weihnachtsbäume und damit auch Ihr oberster Dienstherr ist, sich deshalb zu verbeugen, ihm die Ehre zu erweisen!

Wieder lag eine gewaltige Spannung in der Luft, alle blickten auf den Baum. Minutenlang, stundenlang, tagelang. Allein es geschah nichts. Unverdrossen hielt der Bürgermeister auf dem Thron aus, bis es endlich auch ihm zu Bewusstsein kam, dass auf diese Weise kein Ruhm zu erlangen war.
Eine aufgeregte Erörterung über die Gründe des Versagens ihres Unterfangens brach los. Der Stadtkämmerer könne zu leise gesprochen haben. Niemand wisse, wie weit oben angebracht die Ohren am Weihnachtsbaum saßen. Vielleicht habe der Stadtkämmerer auch nur in einer falschen Sprache parliert, die der Baum trotz

seiner weihnachtlichen Bemühungen nicht verstehen konnte.

Es blieb nicht aus, sich über eine andere Lösung Gedanken zu machen.

Kommt der Baum nicht zu uns, kommt einer von uns zu ihm, rief ein erregter Bürger.
Niemand verstand. Denn hinaufklettern war bereits als zu gefährlich verworfen worden. So sah sich auch dieser Redner genötigt, seine Idee auszuführen:

Ist der Baum bis in den Himmel gewachsen, könne dies ebenso einer von ihnen schaffen. Und wenn er erst einmal so groß wie der Baum sei, war es ein Leichtes, in der Spitze die Lichter anzubringen.
Dieser Vorschlag fand nicht weniger Begeisterung als der erste. Schnell war einer der ihren ausgemacht, der die anderen ohnehin um Haupteslänge überragte. Er wurde auf einen Stuhl gesetzt, es ihm angenehm zu bereiten, allerdings im Freien, denn wie sonst könne er in einem Haus wachsen, wo er doch bald mit seinem Kopf gegen die Decke stieß. Von einem jeden Geschäft wurde ein Weg bis zu diesem Stuhlplatz angelegt, allerlei Köstlichkeiten in ausreichendem Maß und bequem herbei-zuschaffen. Denn schließlich müsse der

Ausgesuchte tüchtig speisen, um in die Höhe zu wachsen. Auch entbrannte eine lebhafte Diskussion, welcherlei Kulinaritäten für den Zweck am geeignetsten seien.

Einer schwor auf gelbe Rüben, denn jedes Mal, habe er eine von ihnen trotz ihres wenig angenehmen Geschmacks verspeist, sei er am nächsten Morgen um dieselbe Länge größer aufgewacht, die auch die gelbe Rübe gehabt habe.

Viele andere wundersame Rezepte wurden preisgegeben, nicht selten zum Verzehr von Tannenzapfen angeregt, denn schließlich galt es, diesen Baum in seiner Länge einzuholen, ihn bei den Hörnern zu packen, und diese stellten bei einem Baum eben dessen Zapfen dar, da nichts anderes Hornvergleichbares an einem Weihnachtsbaum auszumachen war. Tn ihrer Gründlichkeit dachten die Bürger dieses seltsamen Ortes an alles, selbst an das Anlegen eines schmalen Grabens vom Stuhl bis zu einem ausreichend weit entfernten Acker. Denn wo viel gegessen wurde, müsse auch viel entsorgt werden.

Bald darauf begann das Unterfangen. Kübelweise wurde Speise herbeigeschafft und, nachdem es der natürliche Gang nicht allein schaffen wollte, mit Trichter und Stampfern in den Auserwählten hineingestopft, dass man meinen konnte, dem Mästen einer Weihnachtsgans ansichtig zu werden.

Nach jeder Stunde musste der Ausgesuchte sich aufrichten, zum einen, um das Essen leichter nach unten sacken zu lassen, zum anderen, um abzumessen, inwieweit bereits ein erster Erfolg eingetreten war. Indes war solcherlei nicht festzustellen. Nicht nach einer Stunde, nicht nach einem Tag, auch nicht nach einer Woche oder einem Monat.

Schon meinten die Ersten, das Ergebnis gleiche einem Ballon kurz vor dem Platzen. Andere wiederum sahen auch dies von der praktischen Seite. Dann müsse der Ausgesuchte eben hingelegt werden, wachse er mehr in die Breite als in die Höhe, dadurch würde eben die Breite in die Höhe wachsen.

Als sich nach einem weiteren Monat der Ausgesuchte am Morgen eines lieblichen Sommertages nicht mehr rührte und auch unter größter Gewalt sich sein Maul nicht mehr aufsperren ließ und endlich, als untrügliches Zeichen seines Ablebens, sich auch nichts mehr zeigte, was durch den Kanal hinter dem Stuhl zu entsorgen war, wurde das Unterfangen beendet. Es wurde ihm ein stattliches Begräbnis zuteil, hatte er sich doch für den Ruhm der Stadt geopfert und eigenes Wohlergehen nicht höhergestellt.

Drei Tage dauerte es, eine ausreichend geräumige Grube ausgehoben zu haben, ebenso müsse die Grube etwas größer ausfallen, falls sich der Tote entschloss, sich im Grabe umzudrehen, wovon bei mancherlei Anlass eine Rede war. Die Bäcker, Metzger und Bauern trauerten um den Verblichenen und das vergeblich eingesetzte Kapital in besonderer Weise und ihnen wurde die Ehre zuteil, während der Trauerversammlung in der vordersten Reihe zu sitzen, möglichst lange dem Ergebnis ihres Bemühens ansichtig zu werden.

Nach angemessener Trauer wollte es der Zufall, dass dem Bürgermeister in jener schweren Trauerzeit der Einfall für die trefflichste aller Lösungen gekommen war.

Ihm sei es beim Graben während jener drei Tage gekommen, erklärte er. Man müsse nur eine Grube direkt unter dem Baum ausheben, tief genug, dass der Baum bis auf die Spitze hineinreichte. Auf diese Weise könne er anschließend auf bequeme Art mit Kerzenlicht versehen werden und müsse danach nur wieder angehoben werden.

Von Neuem hatte es sich herausgestellt, dass sie ihren Klügsten zum Bürgermeister ausgesucht hatten. Die Spaten waren noch warm vom Graben und man begann unverzüglich mit der Ausführung des Plans.

Wie lange gegraben wurde, davon konnte sich am Ende niemand mehr erinnern. Dafür aber an den gewaltigen Lärm, als die Erde nachgab und der riesige Baum im Loch verschwand. Und dazu viel tiefer als erwartet. Ihn jemals wieder ans Tageslicht zu befördern war unmöglich, das wurde auch den Bürgern jenes wundersamen Ortes bewusst. So wurde einer der ihren an einem langen Seil in die Grube hinabgelassen, wenigstens dort die Baumspitze mit Kerzen zu schmücken.

Habe man auch nicht den höchsten Weihnachtsbaum, dann habe man eben den tiefsten. Und einen, der unter der Erde leuchtete, von einem solchen habe noch niemand gehört.

Selbst jener zwar sonderbare aber doch weitgereiste Uhlenspiegelgeselle, der von Zeit zu Zeit ihr beschauliches Städtchen aufsuchte, habe bei seinen vielen Besuchen nie von einem solch tief in der Erde stehenden Weihnachtsbaum zu berichten gewusst.

Im Übrigen könne man unverändert auf das höchste Schild auf diesem Erdkreis verweisen.

Bei Gelegenheit würde man an dessen Spitze einen Hinweis anbringen, dass hier ebenso der tiefste Weihnachtsbaum des Erdkreises anzutreffen sei. Wer es nicht glaube, solle sich beizeiten auf den Weg machen, weit genug sei der Zettel auf dem Schild zu sehen, und man könne auch noch keine Zusicherung treffen, wie lange der tiefste Weihnachtsbaum des Erdkreises brennen würde. Eile sei aus diesem Grund geboten, ihn noch zu weihnachtlichen Zeiten bestaunen zu können.

23.
Die Kraft der Weihnacht

Die Kraft
Der Weihnacht
Schafft
Für kurze Zeit,
Alles Leid
Verblassen
Zu lassen.
Viele können nicht begreifen,
Wie das zu erreichen
Ist.
Wer das Licht
Hinter der Weihnacht vergisst,
Wird in seinem Leben
Nie verstehen,
Wie so etwas zugehen kann.
Doch dann,
Wenn sie von der Erde abtreten,
Beten
Manche das erste Mal.
Plötzlich wird ihnen alles klar,
In diesem letzten Moment
Wird ihnen das Weihnachtslicht geschenkt,
In der Todesqual
Ein letztes Mal.

Sie werden verstehen,
Das Kind im Weihnachtslicht zu sehen.
Damit sie erkennen,
Wen alle Kreaturen ihren Schöpfer nennen.

24.
Achtung! Weihnachten

Weihnachten!
Hirten wachten
Engel überbrachten
Glocken überraschten
Herrscher lachten
Arme schmachten
Schafe rasten
Könige hassten
Tannen weihnachten
Reiche prassten
Beamte befassten
Sklaven lasten
Soldaten brandschatzen
Bauern masten
Listen erfassten
Kinder naschten
Alles Weihnachten!

25.
Gefärbte Weihnacht

Unentwegt
Zog der Komet
Übers Land.
Sein Glanz
Überzog die Welt
Mit einem gold'nen Zelt.
Für wenige Stunden
War das Grau verschwunden.
Himmlische Farben
Gaben
Der Erde
Ein feierliches Gefärbe.
Die Pracht
Der ersten Weihnacht
War mit stillem Frieden
Erschienen.
Von dieser Stunde
Würde die Kunde
Jedes Jahr besonders den Kleinen
Erscheinen.

26.
Getragene Wärme

Weihnacht kam.
Als ein Hirte vernahm,
Wo die Engel sind,
Beginnt
Er an die alten Propheten zu denken:
Frieden wird Er uns schenken.
Unsere Gebrechen heilen,
Unter Armen weilen,
Obwohl Er König der Könige ist.
Von der Prophezeiung gestützt,
Macht er sich auf zum Krippenstall.
Überall
Stehen Engel am Wegesrand.
Je ein warmes Sandkorn legen sie in seine
Hand,
Es dem Kind zu bringen,
Wenn er im Stall die Kälte vorfinden
Wird
Und er verspürt,
Wie sich der Himmel aufschließt,
Sternenlicht vor seinen Füßen ausgießt.

27.
Josef, Hirte der Weihnacht

Im Stall
Standen überall
Engel.
Es war ein sanftes Drängeln,
Kaum
Blieb Raum,
Das Kind zu schau'n.
Ein alter Hirte
Führte
Die Schar der Hirten an.
Als die Reihe an ihn kam
Vorzutreten,
Nahm er seinen Hirtenstecken
Und legte ihn unter die Krippe.
Ach bitte,
Wandte er sich an Josef,
Wenn es
Recht ist, gib ihn dem Kind,
Denn mir sind
In einem Traum die Augen aufgegangen
Und ich habe verstanden,
Dass er der wahre Hirte sein wird,
Der uns zur Erlösung führt.
Als Josef abends allein war,

Besah
Er sich den alten Stab.
Es gab
Keine Stelle ohne sonderbare Zeichen.
Keines schien dem anderen zu gleichen.
Der Herr öffnete ihm die Augen
Und er durfte das Leben des Kindes schauen,
Indem er die Zeichen betrachtete.
Sein langes Leben dachte
Josef an dieses Ereignis,
Viele Male bis
Der Her ihm die Augen schloss.
Bloß
Tränen wurden kaum vergossen,
Denn Gott hatte beschlossen,
Der Welt vorzuenthalten,
Welch' einen gewaltigen
Propheten
Er mit Josef auf die Erde sandte.
Kaum einer kannte
Wie er
Den Herrn,
Denn ihm war es vorbehalten,
Einige Jahre Gottes Vaterrolle zu verwalten.

28.
Draußen im Weihnachtsgarten

Vierundzwanzig Kalendertüren
Führen
Mich jedes Jahr zum Heiligen Abend.
Ein Schlittenwagen
Mit Rentieren,
Stiefelspuren
Von Knecht
Ruprecht,
Ein prächtiges Schaukelpferd,
Ein Backherd
Für die Puppenstube,
Eine Schatztruhe
Mit goldenen Dingen.
Beim Aufspringen
Der letzten Tür
Spür
Ich dann jedes Mal den Weihnachtsatem,
Der aus dem zugeschneiten Garten
In unser Haus dringt
Und eine neue Weihnacht bringt.

Inhaltsverzeichnis

Bei den **hervorgehobenen** Überschriften handelt es sich um die **Kurzgeschichten**, dazwischen die Überschriften der eingefügten Gedichte.

Biografie

Ich wurde in Berlin geboren. Nach dem Abitur in Berlin habe ich Medizin in Berlin und München studiert und war nach meinem Studium ca. 40 Jahre in der Medizin tätig. Seit Ende 2023 bin ich berentet. Während meiner Berufstätigkeit habe ich nebenher eine Reihe von Manuskripten verfasst, ein Jugendbuch, Kinderbücher, Romane und Gedichte.
Einige sind seitdem über einen Self-publishing-Verlag veröffentlicht worden

Neben einer Reihe anderer Veröffentlichungen hat der Autor auch folgende Gedicht- und Prosabände veröffentlicht:

Die Christyllische Weihnacht – Weihnachten wie immer (und) anders

27 Kurzgeschichten mit je einem Bild, zu jedem Tag vom 1.-26. sowie 31. Dezember; sehr abwechslungsreiche Geschichten von Weihnachten im Kaufhaus, bei den Schildbürgern, in einem neuen Märchen, als Science-Fiction und Weihnachtsgeschichten zur Zeit der Geburt Jesu. So abwechslungsreich, dass für jeden und jedes Alter etwas dabei ist (auch in Englisch erhältlich).

101 Weihnachtsgedichtsbäume – gegen das Poesie-Waldsterben

Über 100 besinnliche, lustige, stimmungsvolle aber auch nachdenkliche Gedichte über die Weihnachtszeit.

Ein denkwürdiger Adventskalender

Das schönste am Fest war der Adventskalender. Jedes Jahr freute er sich auf diese verkleidete, geheimnisvolle süße Gabe. Draußen die bunten Bilder, die versteckten Türchen, Zahlen, die zwischen Engeln, Krippen und Weihnachtsmännern umherschwirrten. So war es jedes Jahr, aber dann stimmt irgendetwas nicht. Dies erzählt die Geschichte um einen ganz besonderen Adventskalender voller Überraschung.

Schwarzbart's kandidelte Adventsgeschichten

Der alte Seekapitän erzählt fantastische Adventsgeschichten voller Fantasie, bereichert durch weihnachtliche Gedichte. Zu lesen wie ein Adventskalender.

Die Insel der Figuren

Roman. Ein kleines Mädchen in Japan bekommt zum Geburtstag von ihrem Vater eine Puppe geschenkt. Als das Mädchen älter ist, wird die Puppe in einem kleinen Boot auf die Wellen des Meeres gesetzt. Offensichtlich eine Tradition ins Erwachsenenalter.
Einige Zeit später reist ein anderes Mädchen ihrer verschwundenen Puppe hinterher, eine spannende abenteuerliche Reise mit einem ungewöhnlichen überraschenden Ende beginnt.

Manu's Reise mit dem Tod - eine Fuge durch die Zeit

Roman, 256 Seiten, verschiedene Lebenslinien aus dem Leben einer Frau, fugenartig verwoben, Ereignisse des Todes in ihrem Leben und ein weiterer Handlungsstrang über verschiedene Rituale zur Zeit des Todes in verschiedenen Kulturen (auch in Englisch erhältlich „Manu´s Journey with Death").

GeGlichenes

Die folgende Sammlung in 4 Bänden enthält etwas über 60 Kurzgeschichten, jede Kurzgeschichte baut auf einer aus dem Neuen Testament stammenden Bibelstelle gleichnishaft auf und ist auf unsere Zeit übertragen. Zwischen den Geschichten findet sich jeweils ein Aphorismus oder ein Gedicht.

Ostern- Gedichte zur Osterzeit

43 Gedichte mit christlichen Inhalten von Gründonnerstag bis zur Auferstehung Jesu, durchsetzt mit gedankenvollen Aphorismen.

Hinter dunklen Himmelswolken – Gedichte in Zeiten der Trauer

74 Gedichte über Tod, Sterben, Hoffnung, Zuversicht, das Danach.

Der erdenkliche Mensch - Das Du im Ich

55 Gedichte, dazwischen Aphorismen, die sich nachdenklich und kritisch mit liebgewonnenen menschlichen Verhalten auseinandersetzen.

Das Moooondschaaaaf (monatlich durch das Jahr)

Für jeden Tag eines Monats ein Gedicht aus Sicht eines auf dem Mond lebenden Schafs, das humorvoll, kritisch, skeptisch und wiedererkennend unsere Erde beäugt; zwischen jedem Gedicht ein Aphorismus; mit passenden lustigen Bildern aus Kinderhand; auch als Geburtstagsgeschenk für den passenden Geburtstagsmonat geeignet.

₇₆ Ein KESSEL Bunte GeDichte

Ein Kessel bunter Gedichte, unterbrochen von kurzen Aphorismen – eben wie in einem großen bunten Kessel, wenn es heißt: tüchtig rühren, Kelle rein, sich überraschen (pardon inspirieren) lassen, was auf den Teller kommt.